KB217781

화엄벌판

한국대표
명시선
100

이상범

화엄벌판

시인생각

■ 시인의 말

필자의 명시선이 나오기까지 20권의 시집이 출간되었다. 첫 시집 『일식권』 그리고 『가을 입문』이 나오기까지 난 몽당연필의 시간을 할애, 사랑과 기도로 구워낸 시詩를 외딴 산지기의 노래라고 했었다. 첫 시집에서 새 시세계와 언어의 조형성과 시도에 미래를 당부(이태극)했고, 2시집 『가을 입문』을 관조와 체험에서 60년대 후반, 이 땅의 현대시조의 징후를 대변하고 현대시조가 경작할 연원지라고(이근배) 했다. 『묵향 가에 미닫이 가에』에서 나의 서정성을 '형식미의 승리'라고(박재삼) 말했다. 『꽃·화두』에서 들풀의 이미지를 '진초록의 힘줄과 숨결'에 믿음과 희망을 잃지 않는 시라고(조남현) 했다. 『내 영혼은 스푼은』에서 시에서 이념적 초월적 인간만도 아닌 어울려 부대끼며 이루어 내는 일상도 살아있는 진실이 된다고(오세영) 했다. 『고요 시법』에서 유연한 감수성으로 토착대상과 현대적인 미감을 육화해 내는 시인이라고(채수영) 했다. 『오두막집행』에서 식물적 상상력을 정신적 친화와 교감이 시집을 관류하고 이 땅의 역사적 삶에 깊은 관심과 정신의 자유를 갈망하는 시라고(김재홍) 했다.

선집 『별』에서 '삶, 그 인식의 다양성과 인간회복'에서 정직하게 삶을 반영하고 인간회복을 위한 노력에서 소외된 삶과 문학적 차원에서 시의 질적 개선을 확신한다고(오세영) 했다. 『풀빛 화두』에서 '시조의 강물에 띄운 영혼의 빈 배'에서 선禪에 쉽게 다가서도록 대중과 부처님에게 가장 사랑스러운 말씀의 한 자락이 될 것이라고(신범순) 했다. 『신전의 가을』에서 '이것이 시조구나' 하는 존재론적 바탕인 '신전의 가을'로 들어가 언어들이 언어를 깎아 빛을 끌어당기는 힘을 확인해 보라고(장경렬) 했다. 『풀무치를 위한 명상』에서 시인의 숨 쉬는 운율과 눈빛은 산을 만나면 산이 되고 바다를 만나면 바다가 되고 풀무치를 만나면 풀무치가 되는 시법이라(정일근) 했다. 『꽃에게 바치다』에서 사진과 시가 서로 대등하게 결속하고 친화하는 멀티예술로서 언어를 넘어서는 언어예술이라(유성호) 했다. 『풀꽃 시경』에서 '꽃의 은유, 그 감성의 수정受精'에서 놀라운 상상력과 미감, 탁월한 조형능력과 심미안, 그리고 말문이 막힐 정도로 절묘한 디카의 영상미가 사유의 언어를 충동한다고(박기섭)

했다. 『햇살 시경』에서 서구문명이 창출해 낸 광학 영역과 거기에 가장 한국적인 언어미학의 결정체인 시조의 옷을 입히고자 했다고(민병도) 말했다. 이에 전편에서 50편을 가려 뽑았다.

2013년 봄

이 상 범

■ 차 례

2

3

4

5

1

가을 손

두 손을 펴든 채 가을볕을 받습니다

하늘빛이 내려와 우물처럼 고입니다

빈손에 어리는 어룽이 눈물보다 밝습니다.

비워 둔 항아리에 소리들이 모입니다

눈발 같은 이야기가 정갈하게 씻깁니다

거둘 것 없는 마음이 억새꽃을 훑습니다.

풀 향기 같은 성좌가 머리 위에 얹힙니다

죄다 용서하고 용서받고 싶습니다

가을 손 조용히 여미면 떠날 날도 보입니다.

가을 입문入門

그 얼얼한 우수를 씻어 한 달 장마

오늘은 말끔히 거두어 인 청명이다만

산이여 내친걸음이여 그냥 소소히 듣는가.

물빛은 물빛대로 물살은 물살대로

철 지난 외로움은 넉넉하기 바다 같고

크렁한 회심의 땅을 입추처럼 내가 섰다.

고요 행行

소리 나지 않는 길을
몇십 리 쯤 걷고 싶다
찐득한 삶의 고비
눈 오는 적막을 지나
숲 되어 말문 여는 나무를
걸어가게 하고 싶다.
눈먼 이가 지피는 어둠
심중을 하나로 꿰뚫고
탈진한 눈빛에 앉아
손 놓은 그늘도 거두며
바다가 뒤집고 제치는 빛
그런 길을 갖고 싶다.

개다리소반

늘 봐도 비실비실 지레 지쳐 굳은 상판

대접도 변변히 받지 못한 툇마루 끝

지금은 땟물 나는 거실 마른 꽃의 꽃받침대.

이름을 다시 달자면 그야 꽃사슴 다리

고봉밥, 술 한 대접, 풋나물, 자반 한 토막

그런 것 고작인 날에 개다리는 황송했지.

때 끼고 윤기 돌아 흠이진 작은 소반

가다간 혈이 닿아 눈물 찔끔 한도 찔끔

발그레 일그러진 면상 먼 얼굴이 겹친다.

돌에게

— 시정신을 위하여

네게서 바닥 물소리 가슴으로 엿듣는다
은입사銀入絲*의 광맥에서 죽지소리 감지할 때
목숨은 투명한 협곡 날아가는 물총새.
이제 국화꽃을 생각하면 국화꽃 피고
해바라길 꿈꾸면 해바라기가 되었다
때로는 캄캄한 절망 거스르던 은어 떼.
우리 모두 죽어서 무슨 말로 깨어날까
아픔과 눈물 그리고 곡진한 삶의 파장
저 하늘 깃털구름의 옥빛 무늬 새겨질까.

*) 은줄을 새겨 넣어 장식하는 예술행위.

돈대墩臺*에서

섬 하나가 물에 젖어 바람에 익고 있다

죽은 이는 산 자의 가슴 속 불씨로 남고

결삭은 해안의 물소리 하얀 소금 소금기여.

숲에는 깊이 숨긴 그날의 거친 이야기

옹이진 나무 하나도 예사롭지 않은 이 땅

바위에 귀를 모으고 산 얘기를 듣는다.

섬 하나가 물빛에 익고 한 나라가 젖고 있다

산 자의 손길이 돈대의 포를 어루만지며

떠나간 시간의 발자국을 바람 앞에 재고 있다.

*) 강화의 요새였던 전적지. 지금은 성城이 복원되고 포砲가 남아 있다.

목기木器

칼끝에 패인 자국 곰보마다 스민 태깔

손때는 묻다 못해 두툼하게 켜로 앉고

발그레 상기된 윤기 큰 애기의 더운 사랑.

닦으면 닦을수록 살아나는 뽀얀 숨결

더러는 금이 가고 닳아져서 비뚤어진

살닿은 손잡이마다 체온 아직 다습다.

뒤주며 반닫이 이남박에 함지박을

그슬린 등잔불 속 시무룩한 빛이던 것들

남몰래 볼멘 눈물도 어룽어룽 깨어난다.

미시령의 말

마른 풀 굴리며 가는 발해며 고구려의 티끌
쇠붙이 녹슨 혼이 눈보라의 화살로 박히고
아득히 북만주의 말발굽 산도 닳아 엎드렸다.
수리취 마른 꽃대 서슬 세운 눈꽃 바늘
앙상하게 찢긴 언어 부서져 내린 하늘 끝
철조망 위로 내민 총구銃口 저 희한한 병정놀이…….
등짐 진 하얀 입김 굳은살의 내면을 흘러
페치카에 달군 생각 사진틀 속 연인은 웃고
종일을 눈 못 뜨는 눈발 초소는 지금 명상의 성城.
줄 하나에 매인 교신 선하품에 눈을 굴린다
옛적 갑옷만 싫은 방한복은 누비옷이고
철책선 부근에 와 팔짱 낀 남과 북의 뽀얀 눈밭.
웅시 너머 분지에 핀 잔대꽃은 진자주 빛
가슴에 묻은 말 싹이 터 홍조 띠며 언제 돌까
잉 잉 잉 불침 놓는 눈보라 반도 지금 웃고 있다.

별 · 1

태백의 씻긴 별을 품에 담쏙 안고 왔다

구절리 전별의 손 희끗희끗 구절초 꽃

증산역* 밤 깊은 해후 별이 총총 빛났다

*) 태백선에서 구절리행으로 나뉘는 역.

봉함엽서

— 아버님께

정情의 매듭 굵은 올은 눈물 적셔 건져 내고

곱 맺힌 붓끝으로 밤을 풀어 엮어 가면

어느새 받는 이의 하늘 저승 가는 한 마리 새.

골똘한 눈짓 하나 안개 속 묻혀 떠나고

무위 속 내력 한 끈 물레질로 자아내어

비단도 씨줄과 날줄 피륙으로 감긴 얘기.

한 번은 그 육필의 답을 받아 놀랄 가슴

장롱 밑 한구석에 쪼그리고 앉은 말문이여

이제는 바람결에 닳아 죄다 바랜 봉함엽서.

2

성城

망루에 올라서면 이름 모를 방패가 된다

무수한 화살 앞에 내 가슴은 과녁이 되어

돌들이 깎이운 벽 앞에 누대의 바람이 밟힌다.

유심히 널 바라보면 벌 떼가 잉잉거리고

결국은 허공을 차고 누각은 하늘을 난다

흐르는 성 마루에 얹혀 나도 자꾸 날아간다.

성좌星座

너는 나에게서 멀고
나는 너에게서 깊다
등 돌리고 그므는 인연
숨 쉬면 꿈꾸는 별자리
밤마다 참벌 나르는
눈망울의 점등點燈이여.
내면 깊이 잠긴 여울
너로 해 난 빛나는 소멸
아 끝내 흠일 수 없는
소중한 가장자리
뽀사한 목숨의 귀향
아픔은 밤에만 눈뜬다.

신록에

꿈자리엔 꽃 이울고 시새우던 바람 자고
비 개인 이 아침은 눈물 빛듯 아로새겨
그냥 그 눈이 감기는 아 섭리의 감촉이여.
감감히 흘려보낸 보릉산 내음 띠고
옥양목 두루마기 외삼촌과 한나절은
한 십 년 거슬러 올라 주막집에 앉고 싶다.
취하여 싱그러운 밀어랑은 나도 몰라
어느 뉘의 입김 담은 귓말인가 저 엽신葉信은
볼 비벼 서로 도타운 하늘 가득 하늘 소리.

원경遠景의 바다

잠이 깬 소녀의 귀밑머리 귀밑머리

꿈꾸듯 출렁이며 사랑이고 싶었니라

구원久遠의 변경을 치는 고백이고 싶었니라.

불붙는 뱃고동은 구천九天을 물어 와도

달무리 외로움을 감싸주는 풍금소리……

풀었던 영혼을 씻어 노래이고 싶었니라.

부서지고 싶었니라 부서지고 싶었니라

열망은 뭍으로 뭍으로만 승화해도

제 모를 가슴을 뒤쳐 말긋말긋 흐르더니라.

작은 행복

— 어느 요사채에서

싸락눈 흩뿌린 뜨락 큰 스님 작은 발자국

발자국 속 작은 모이 참새들이 쪼고 있다

오늘은 비질을 하지 말자 고요 속의 작은 행복.

족자를 들추다가

공든 도배 해 바뀌니 어느덧 퇴색하다

족자를 들춘 자리 문득 파란 고 빛깔!

어쩌면 접어둔 마음 나와 나의 해후여.

거울

공한지에 말뚝 없이

매어 놓은 버스 몇 대

문득 올려다본

백미러에 가슴이 조인다

한 시대 불신의 눈망울

얼비치는 까만 철망.

견자見者의 산

산은 늘 거기 있고
표정만을 관리했다
안개비 자욱이 깔고
이마에 햇살을 단다
지상은 수액의 두레박질
개봉하는 눈엽 눈엽.
이제 색상을 뒤집은
산은 갈색의 황제
흰 눈을 머리에 인 날
서울은 내열을 식혔고
견자見者는 산의 중심에 들어가
산이 되어 앉는다.

꽃 · 화두話頭

몸으로 피는 꽃은
몸으로 말을 건넨다
숨결을 뉘이며
세우며 일으키며
세상의 가장 적막한 곳을
뒤채이는 나비 나비…….
비둘기가 소리 없이
공간을 때리는 파장
변방에서 몰려오는
하늘의 온갖 기운이여
파열을 위한 황홀한 찰나
숨죽인 서울도 보인다.

남도창南道唱

소리를 짊어지고

누가 영嶺을 넘는가

이쯤 해 혼을 축일

주막집도 있을 법한데

목이 쉰 눈보라 소리가

산 같은 한을 옮긴다.

3

다락 생각

마른 연잎 꺾인 대궁
서걱이는 동짓달은
바다도 일어서서
먹물 빛 세우며 오고
눈발 선 하늘 밑 다락은
깊은 장고長考에 들었다.
닫힌 문 창호지에
시 읊고 운韻 다는 소리
대숲에 든 선비의 달빛
국운을 칼질하고
오백 년 벼룬 글 기운이
연꽃 받쳐 떠오른다.

동제洞祭

바람은 솟대 끝에 하늘 귀를 열어 놓고
제사상 돼지 머리 고기로 받쳐 웃고 있는
매달린 흰 천의 가지 천천히 눈 내린다.
귓부리 추운 하오 축문 또한 떨고 있고
무당의 칼끝에 베어지는 온갖 부정
큰 절을 올리는 머리맡 지폐 또한 쌓여가고…….
마을 안녕 고을 안녕 나라 안녕 싸잡아서
기원이야 입김에 실려 허공중에 입적하고
고목은 앙상한 뼈대 겨울 하늘 이고 있다.
시루에 얹힌 촛불 귀신 길을 천도하고
응감하는 기운 돌아 온 마을이 잠겨 있다
소지는 하늘의 언 별 몇 개쯤 눈 띄울까.

물소리

물소리 베고 누우면

별자리도 자리를 튼다

적막의 끝을 잡고

한 생각 종지로 밝히면

구천동九天洞 여문 물소리가

산을 끌고 내려온다.

백성 이야기

누군가 옛이야기 보자기를 풀고 있다
내력에 원색의 옷을 입히는 거친 손길
무섭지 않은 호랑이가 물감 쓰고 웃고 있다.
아자창 내지르는 발그레한 매화가지
안상엔 천도天桃 몇 개 받쳐 놓고 싶었겠지
해묵은 고서의 향기 봉황은 왜 깃을 털까.
정자는 물소리 세워 벼랑을 재고 있고
넘어도 넘어도 고개뿐인 예순 생애
살다 간 조상의 발자국 곁눈질로 보는 눈.
문갑에 쌓인 고요 닦으면 날이 서고
청댓잎 어른대다 달의 몸을 찌를 때면
병풍 속 잠자던 수탉 홰 울음을 울었다.

법주사 운韻

— 저녁 예불에

해거름에 휘적휘적 오리 숲을 걸어 호서제일가람湖西第一伽藍 금강문 사천왕문을 들어섰다

별안간 귀가 멍멍 고요를 깨는 큰 북소리, 큰 북소리 천둥소리, 천둥소리 큰 북소리, 속리산이 둘레둘레 흔들리고, 소나무 굽은 가지에 바람이 일고, 대웅보전 원통보전 팔상전 능인전 할 것 없이 추녀 끝이 흔들리고, 추녀 끝이 흔들리는가 싶더니 집채가 저저마다 흔들리고, 법주사 전체가 학이 되어 깃을 치는가 싶더니 한 송이 연꽃이 되어 둥둥 떠오르기 시작한다, 법주사가 뜬다, 법주사가 뜬다, 법주사가 춤을 춘다, 법주사가 배가 되어 넘실거린다, 미륵불도 미소를 띤 채 덩실덩실 춤을 춘다, 속리산이 뜬다, 속리산이 뜬다, 속리산이 우줄우줄 춤을 춘다, 속리산이 허겁지겁 달려간다 큰 북소리 천둥소리, 천둥소리 큰 북소리, 귀먹은 바위도 눈멀은 성좌도 자금 막 깨어나고……

이윽고 산도 절도 깃을 접고 적막 속에 앉는다.

벚꽃 길

— 4월을 생각하며

사랑이 지나는 길은 지상 어디고 꽃길이다

꽃 속에 꽃으로 나부끼며 꽃이고자 했던 그들

삼십 년 전에 이 꽃길로 꽃을 밟은 그는 없다.

천상의 꽃으로 떠난 그의 발자취 또한 꽃

사람이 주인인 꽃은 마침표가 없는 꽃

올해도 그 꽃길을 따라 아이들이 가고 있다.

실톱질

— 귀뚜리 선생에게

잠을 잃은 사람들의 잠꼬리를 잘라낸다

실톱으로 잘게 썰어 손거울을 들게 하고

다 태운 잠머리 이랑 재로 쌓인 꿈의 톱밥

가을비 자박자박 밤을 뜯는 자진모리

외지로 떠난 생각 별로 잠겨 오지 않고

톱질 속 혼의 톱밥은 시 뉘를 골라내고 있다.

억새밭의 백서白書

—4·3이 밟고 간 그 땅에

흰빛 세워 꿩이 날고 노루 목이 가고 있다
쭉 뻗은 곧은길이 지워졌다 이어지고
싹쓸이 마을도 가끔은 주춧돌을 드러낸다.
사람이 폭도로 불려 살이 살을 토벌하던
억새꽃 하얀 불길이 섬 하나를 다 태워도
서로는 몸을 비비며 남은 말을 또 쪼갠다.
뼛가루 자욱이 날아 이 가을을 뒤덮어도
오돌또기 등에 업혀 귓결 아득 속울음을
파문을 뉘이며 세우며 흔의 백서 날고 있다.

역사 견문록見聞錄

마른 풀도 키를 낮춘 우금치*란 언덕배기
뼈와 살 함성마저 바람으로 누워 있다
일백 년 잡초의 사발통문 깨지 않은 깊은 잠.

역사란 승자의 몫 죽은 자는 죄도 죽고
후대의 가슴에 남아 울음 우는 그날의 말
절통한 이 땅의 쑥물 대접으로 들이킨다.

송장배미 저수지 위 눈보라가 달려가며
내뱉는 그 육성을 심장으로 엿듣고 있다.
죽창에 쇠스랑을 든 수만 거친 숨소리…….

그날 동학에 합류한 나의 증조할아버지
평생을 쫓기는 삶 쉬쉬하다 숨을 거두신
봉분에 큰절 올리지만 아무 말씀 없으시다.

*) 동학농민군 3만이 공주성을 향해 네 갈래로 진군, 관군·왜군과 맞서 싸우다 끝내는 주력군 1만이 최후를 마쳤다.

오두막집 행行

눈 내리는 밤엔 변두리행行 버스를 타자

마른 꽃 다발 다발 바람의 눈망울로

흰 커튼 사이로 불빛이 손짓하는 오두막집.

소꿉 살림 창가에 앉아 시를 호호 불어대고

산 냄새 살 냄새 사이 시집들이 키를 재는

고뇌도 갈색으로 익어 잎이 지는 작은 방.

때로 미친바람이 산자락을 뒤흔들어도

색종이 꼬깃꼬깃 아픈 시가 눈뜨는 곳

저물면 끈끈한 숨결이 놀라 깨는 작은 집.

4

작은 스푼

감의 씨를 잘그시 쪼개면

작은 스푼 들어 있다

흙 속에 썩어지면

단물 들어 일용할 양식

내 죽어 내 영혼 은銀 스푼은

어느 땅 시로 태어나랴.

캐리커처

점 하나 선 하나로 미개지를 열고 있다

점 하나의 희열과 선 하나의 휘어진 공간

호흡도 점 하나 선 하나를 피 뱉듯이 몰고 간다.

허울이야 웬만하면 드러난다 하더라도

정신이랑 마음자리 찍어내는 그게 문제

오뚝한 개성 하나가 지금 나를 응시한다.

화문석花紋席

국난의 회오리엔 섬이 자주 흔들렸다
아직도 나누인 아픔 잡힐 듯 서먹하지만
큰 소망 물살 두르고 무늬 놓는 꽃자리.
왕골의 겉대에 물들이는 꿈의 자투리
촘촘한 손끝에서 물소리도 피워 내고
더러는 바닷바람도 살짝 싸서 매어 본다.
틀 앞에 마주앉아 세상살이 매운 얘기
오순도순 정도 묶고 눈물 그도 싸잡아서
사랑의 무지개를 지르면 그 이름은 화문석.
전등사 독경소리 자리마다 눈을 뜨면
그제야 학이 날고 비오리도 물살 가르고
솔바람 귓결에 얹고 희囍자 위에 앉아 본다.

83330*

동부전선 어느 골짜기 이름 모를 녹슨 군번

앞의 반은 지워지고 뒷부분은 희미하다

그것을 83330 빨간 열매가 적고 있다.

동부전선 어느 격전지 아주 잊힌 군번 하나

여기가 거기 같고 거기 또한 여기 같은

침 발라 83330 서툴지만 메모한다.

*) 좀작살나무 붉은 열매가 엮은 83330의 숫자 표시.

갈옷 생각

해풍의 줄칼에 깎여 곡선이 된 섬이 하나
진초록을 걸친 채 구멍 숭숭 거친 내면
가을엔 갈잎 빛깔로 돌도 물에 둥둥 뜬다.
어머니의 어머니 적 땀 냄새를 돌려받아
척박한 땅 기름지게 바꿔 놓은 손을 본다
헌 책력 반질한 표지 갈색 닮아 질긴 숨결.
버려진 섬 버려진 흙 무늬 놓던 여인들의
소금기에 절은 속살 감싸 안은 뿌연 등피
갈옷은 옷이 아니라 한이 짜낸 빛이었다.

거미망의 KWM·WWW*

거미도 동서남북 방향표시 하고 산다
각 방위마다 새긴 거미망의 영문 부호
그 하얀 기호의 약자 거미만이 아는 비밀.
아침 안개 매단 이슬 집이 환히 드러나면
거미는 가까운 곳 나뭇잎 속 숨었었다
맑은 날 호랑거미 한 마리 붉고 노란 줄무늬.
케이 더블유 엠 점點 더블유 더블유 더블유
꼬마 거미 생존의 망 수신의 망 발신의 망
세계에 귀를 열고서 소통하는 거미 왕국.

*) 거미줄에 새겨진 KWM·WWW의 표시.

눈꽃 열차

송이 눈이 골짜기를 밝히다가 사라진다
꿈의 깃 눈꽃 열차 증산역을 스쳐간 뒤
따끈한 국수 국물을 플랫폼서 마셨다.
갈아탄 비둘기호 덜컹덜컹 흔들렸고
눈 못 뜨는 구절리행 결신들린 눈발소리……
잔기침 차창 밖에는 자갈 씻는 동강의 손.
뽀얗게 피는 밤눈 아라리의 슬픈 영가
통로엔 자반꾸러미 시무룩이 반은 졸고
두 칸 차 숨 가쁜 경적 끝 가는 줄 몰랐다.

동해구東海口 · 2

— 감은사지에서

덤불 속 노란 들국화 몇 무더기 반색한다
햇살 받아 키 큰 쌍탑 천 년쯤은 해로했고
무쇠의 기둥을 심박아 가늠대로 뻗쳐 있다.
때로는 용의 심기 바다의 세勢 전해 듣고
잉 잉 잉 높인 감도 쌍기둥이 맞받아 울어
또 다른 만파식적의 안테나는 아니었을까.
석굴암 본존불의 미간 위엔 울림의 빛
백호白毫* 속 서기로 감겨 동해구를 비추었다
결국은 나라의 안녕 지켜진 법 예 있었네.

*) 부처의 눈썹 사이에 난 흰 터럭을 말하며, 광명을 무량세계에 전한다고 함. 보통 흰 구슬을 박음.

바람 부는 언덕
— 송악산에서

꽃샘의 남녘 바다 선무당의 칼춤마당
어선 수백 척을 연안에다 끌어모아
배들은 저마다 돌고래 잠겼다가 떠오르고…….
바람의 언덕 위에 억새는 도마뱀 떼
파문을 꼬리 치며 산허리를 올라가고
돌담에 싸인 유채꽃 노란 손을 흔든다.
강풍 길목에 뜬 평원석의 저 마라도
횡으로 그은 한 획 꺼질 듯이 꼼짝 않고
다 비운 오죽의 통소 천지간을 울린다.

바람의 족적

— 내가 나에게

눈으로 볼 수 없는 바람의 발 밟고 간 자국
구불구불 리을자로 기억하는 지나온 외길
그 맑은 바람이 빗질하는 자연의 손 초록 말.
아주 오래도록 들에 핀 얘기 걸러 내고
남모르게 귀 밝힌 마음 소슬한 오솔길을
누웠다 일어서는 속엣 말 세상 적신 풀빛 음성.
풀밭은 모질고 끈질기게 늘 부활하는 꿈
스스로 씻어내고 닦아내어 정갈하다
바람을 맞는 풀밭은 목 메이는 파란 지평.

5

섬

세상 끝이 떠오를 때 먼데 섬을 생각했다

바람이 거세고 파도가 거친 날에도

초록 섬 다박솔의 꿈을 지울 수가 없었다.

절망의 물결 저쪽 아스라이 뜨는 참별

돌아보면 섬은 거기 숨 가쁘게 다가왔고

목 놓아 울 수 없는 섬은 섬인 줄도 몰랐다.

신전神殿의 가을

하늘이 만판 내려와 빛을 빚는 가을걷이
무슨 영슈을 받드는지 햇살은 눈을 굴리고
불 쓰는 제단의 손을 힐끔힐끔 돌아봤다.
물소리 가슴을 흘러 고요가 눈을 뜨면
법의 자락에 끌려 빠지지 타는 생각
신전이 잠시 뜨는 걸 곁눈질로 보곤 했다.
가을빛 들끓는 곳 번뜩이는 갈겨니 떼
기도가 하늘에 닿으면 지상에 버는 꽃잎
그 꽃빛 밤이면 별[星]로 숨 쉬는 걸 나는 봤다.

예송리 돌밭

작은 돌 한 움큼을 손가락 새로 흘린다
매끄럽고 따사한 생명력에 흠칫 놀라
햇살에 까맣게 익은 바둑돌이 눈을 뜬다.
손등 위에 올려놓으면 공깃돌로 뒤바뀐다
볼 붉힌 어린 소녀 까르르 웃음소리……
눈동자 빛나는 동심 가슴으로 읽고 있다.
구슬이 구슬끼리 구슬을 만드는 역사
연초록 바닷물에 몇 만 년 갈고 닦아
몸으로 비원을 꿰면 눈먼 돌도 말을 한다.
돌밭 위에 주저앉아 우주 얘기 듣고 있다
사람 사는 키질 소리 긴긴 내력 되새기며
바닷가 소년은 아직 돌아올 줄 몰랐다.

오리털 파카

덤불과 갈대가 어우러진 늪의 하오
동짓달 끝 무렵의 찬바람이 나부낀다
늪가의 더듬이 오솔길 서걱이는 풀잎소리…….
둑에 오르면 옷섶 가득 도깨비바늘
갈대소리 서걱서걱 늪이 다시 펼쳐지고
쇠오리 떼로 와 앉아 우포늪은 빛났다.
창녕을 뒤로 한 지 달포도 넘었는데
외투 자락 묻어 온 우포늪이 서걱서걱
파카를 입고 나서면 항시 늪이 동행했다.

우포 환상곡

— 달팽이 선생에게

어쩌면 마지막 지휘일지 모르겠다
노구老軀에 연미복 끌며 천천히 등장하는
먼 달빛 조명 받으며 무대 중앙 서 있다.
달팽이의 여린 뿔에 휘감기는 우주의 소리
숨 막히는 고요 속에 비밀의 문 열어 놓고
음색도 꺼풀 벗고서 별빛 불러 앉힌다.
숲에 바람이 일고 물면은 들먹인다
이파리와 이파리 사이 밤의 향기 돌며 가고
저 멀리 강물을 눕인 곳 풀숲들이 웅성댄다.
모든 것이 가능하고 무엇이든 될 수 있는
그가 잡은 지휘봉에 춤추는 우포 환상곡
갈채 속 연미복 끌며 점 하나로 사라진다.

자연 법法

장대비 처마 밑은 철학 수업 강단이다

나직한 반야심경 등 뒤에다 걸어 두고

자연이 설하는 특강을 넋 잃은 채 듣고 있다.

천상의 악기

— 달개비꽃에게

악보 같은 악기로 천상의 곡을 연주한다

신운이 깃든 소리 은빛 관을 돌아 나오고

하늘이 점지한 음악 느낌으로 듣고 있다.

바람이 가볍게 스쳐가는 그늘진 숲

하늘색 연주자가 불고 있는 천상의 악기

기울여 귀를 모으면 가슴에 와 실린다.

투명 가방

말간 눈빛 소녀의 투명 백 속 밝은 생각

우유 한 팩 사전 하나 공책 몇 권 들어 있다

물고기 그 작은 뱃속이 환히 내다보이듯이…….

하늘색 빨랫줄

— 하늘색 비닐 빨랫줄 이슬에게

하늘색 빨랫줄에 하늘색 옷 펄럭이던

실비 젖은 하늘색 비닐 물방울이 어여쁘고

우리네 가난의 색깔도 노릇노릇 익었다.

하늘색 꼬인 줄에 꼬인 무늬 꼬인 하늘

서민의 마음 색에 매달린 생계의 무게

그래도 끼니 안 거르는 그 빛깔이 아름답다.

화엄벌판*

억새꽃이 나부끼며 빛을 끌어당긴다
몸 비벼 금빛 띠고 다시 비벼 은빛 띠는
아직도 섬찍섬찍한 그 말씀의 영락소리
아득한 변방에서 물소리가 산을 오른다
망루의 높이에서 가슴을 치는 골물
내 눈빛 맑게 바래어 흩고 있는 억새꽃.
정수리 찍어대면 샘물 터져 뿜을까
좌대에 눈감으면 그 여운의 높은 파고
잃은 것 얻은 것 없는데 밀짚모자 홀로 간다.
가을 하늘 한 장 떼어 거울경문 걸어 두면
뉘이며 일어서는 비늘 빛 화엄설법
육신은 보시로 올리고 바람 속에 듣는다.

*) 양산 천성산에 원효설법의 화엄벌판과 바위 좌대가 있고 주변엔 억새꽃이 평원을 이뤘다.

이상범 연보

1935년 충북 진천에서 출생.

1961년 육군 소위로 임관(육군보병학교).

1963년 ≪시조문학≫ 추천 완료.

1964년 문공부 주최 예총 주관 제3회 신인예술상 시조부문 신인문학상 수상.
제1회 이상범 시화전 개최{이상범 중위(시조), 김인중 소위(그림 신부神父 화가)}.

1965년 조선일보 신춘문예 당선.

1967년 첫 시집 『일식권』(금자각)을 육필로 출간.

1969년 제2회 이상범시화전, 대위시절 포천 일동에서 개최(본인 시서화).

1973년 제3회 이상범시화전, 소령 시절 대구백화점 화랑에서 개최(본인 시서화).

1976년 제2시집 『가을 입문』(분도출판사) 출간.
한국시조시인협회 이사 피선.

1977년 한국문인협회 이사 피선.
육군 소령으로 국군의무사령부에서 예편.

1979년 제3시집 『묵향가에 미닫이가에』(우석출판사) 출간.

1980년 제4시집(선집) 『아, 지상은 빛나는 소멸』(문학신조사) 출간.

1983년 한국문학사 시행 제4회 정운(이영도)시조문학상 수상.

1984년 한국문인협회 시조분과 회장 피선.

1985년 제5시집 『꽃·화두』(영언문화사) 출간.
이 시집으로 한국문인협회 제22회 한국문학상 수상.

1987년 이상범 난시蘭詩 소품전(시서화) 을지로 하늘공원에서 개최.
제6시집 난蘭 사화집 『하늘의 입김, 땅의 숨결』(청담문학사) 출간.

1989년 제7시집(선집) 『시詩가 이 지상에 남아』(청학출판사) 출간.
중앙일보 제정 제8회 중앙시조대상 대상 수상.
한국문인협회 시조분과 회장에 재선.

1990년 제8시집 『내 영혼 은銀 스푼은』(민족과 문학사) 출간.

1993년 제9시집 『하늘 아래 작은 집』(도서출판 토방) 출간.
한국시조시인협회 회장으로 피선.

1994년 제10시집 『고요 시법詩法』(도서출판 토방) 출간.
외환은행에서 정년퇴직.

1995년 동명사 제정 제10회 육당시조문학상 창작부문 대상 수상.

1995년 자연을 소재로 한 이상범 소품전을 인사갤러리에서 개최.
제11시집(시화) 『오두막집 행行』(도서출판토방) 출간.
이호우기념사업회 제정 제4회 이호우시조문학상 수상.
국제펜클럽 한국본부 이사로 선임됨.

1997년 제12시집(대표선집) 『별』(동학사) 출간.

1999년 문학사상사 제정 가람시조문학상 대상 수상.

2000년 제13시집 『신전의 가을』(동학사) 출간.
제14시집 『꿈꾸는 별자리』(태학사) 출간.

2001년 제15시집 『풀빛 화두』(책만드는집) 출간.

2004년 제16시집 『풀무치를 위한 명상』(동학사) 출간.
제17시집(시서화첩) 『시인의 감성화첩』(도서출판 토방) 출간.

2007년 제18시집 『꽃에게 바치다』(도서출판토방) 출간.

2008년 경향신문에 '디카시' 만 1년간 연재(주 1회).

2011년 제19시집 『풀꽃 시경』(도서출판동학사) 출간.
한국시조작품상 20회 시상.

2012년 제20시집 『햇살시경』(도서출판동학사) 출간.
시집 『풀꽃 시경』(도서출판동학사)으로 제12회 고산문학대상 수상.

〖한국대표명시선100〗을 펴내며

한국 현대시 100년의 금자탑은 장엄하다. 오랜 역사와 더불어 꽃피워온 얼·말·글의 새벽을 열었고 외세의 침략으로 역경과 수난 속에서도 모국어의 활화산은 더욱 불길을 뿜어 세계문학 속에 한국시의 참모습을 드러내게 되었다.

이 나라는 글의 나라였고 이 겨레는 시의 겨레였다. 글로 사직을 지키고 시로 살림하며 노래로 산과 물을 감싸왔다. 오늘 높아져 가는 겨레의 위상과 자존의 바탕에도 모국어의 위대한 용암이 들끓고 있음이다.

이제 우리는 이 땅의 시인들이 척박한 시대를 피땀으로 경작해온 풍성한 시의 수확을 먼 미래의 자손들에게까지 누리고 살 양식으로 공급하는 곳간을 여는 일에 나서야 할 때임을 깨닫고 서두르는 것이다.

일찍이 만해는 「님의 침묵」으로 빼앗긴 나라를 되찾고 잃어가는 민족정신을 일으켜 세우는 밑거름으로 삼았으며 그 기룸의 뜻은 높은 뫼로 솟아오르고 너른 바다로 뻗어나가고 있다.

만해가 시를 최초로 활자화한 것은 옥중시 「무궁화를 심고자」(≪개벽≫ 27호 1922.9)였다. 만해사상실천선양회는 그 아흔 돌을 맞아 만해의 시정신을 기리는 일의 하나로 '한국대표명시선100'을 펴내게 된 것이다.

이로써 시인들은 더욱 붓을 가다듬어 후세에 길이 남을 명편들을 낳는 일에 나서게 될 것이고, 이 겨레는 이 크나큰 모국어의 축복을 길이 가슴에 새겨나갈 것이다.

만해사상실천선양회

한국대표명시선100 | **이 상 범**

화엄벌판

1판1쇄 발행 2013년 6월 12일
1판2쇄 발행 2015년 7월 31일

지 은 이 이 상 범
뽑 은 이 만해사상실천선양회
펴 낸 이 이 창 섭
펴 낸 곳 시인생각
등록번호 제2012-000007호(2012.7.6)
주 소 경기도 양평군 옥천면 고읍로 164
㊮476-832
전 화 (031)955-4961
팩 스 (031)955-4960
홈페이지 http://www.dhmunhak.com
이 메 일 lkb4000@hanmail.net

값 6,000원

ⓒ 이상범, 2013

ISBN 978-89-98047-46-7 03810

* 저자와의 협의에 의하여 인지를 생략합니다.
* 이 책의 저작권은 저자와 시인생각에 있습니다.
* 잘못된 책은 책을 구입하신 서점에서 교환하여 드립니다.

※ 이 책은 만해사상실천선양회의 지원으로 간행되었습니다.